**열네 살,
힘들다**

열네 살, 힘들다

첫판 1쇄 펴낸날 2017년 12월 25일

지은이 | 김다영
펴낸이 | 지평님
본문 조판 | 성인기획 (010)2569-9616
종이 공급 | 화인페이퍼 (02)338-2074
인쇄 | 효성프린원 (031)904-3600
제본 | 서정바인텍 (031)942-6006
후가공 | 이지앤비 (031)932-8755

펴낸곳 | 황소자리 출판사
출판등록 | 2003년 7월 4일 제2003-123호
주소 | 서울시 영등포구 양평로 21길 26 선유도역 1차 IS비즈타워 706호 (150-105)
대표전화 | (02)720-7542 팩시밀리 | (02)723-5467
E-mail | candide1968@hanmail.net

ISBN 979-11-85093-66-6 03810

열네 살,
힘들다

김다영 지음

황소자리

모든 사람들이 거쳐가야 할 시기, 사춘기. 이 질풍노도의 시기를 알차고 '사람답게' 이겨낼 방법이 있을까?

사춘기 같은 터닝포인트는 항상 예고 없이 와서 머릿속을 하얗게 비워버리나 엉망진창 헝클어 버리고 지나간다. 터닝포인트는, 똑같이 이어지던 일상에 탁 치고 들어와 아이디어 또는 영감을 주면서 아예 다른 삶의 질을 경험해볼 수 있는 기회로 작용하기도 한다. 삶에 '큰 변화'를 주는 계기가 되는 것이다. 그런 기회는 당사자에게 많은 영향을 끼치기 때문에 그걸 얼마나 어떻게 잘 잡을 수 있는지는 각자의 선택과 결심 그리고 노력에 따라 달라진다. 그러니까 사춘기를 어떻게 보내는지에 따라 청소년들의 인생 중 첫 번째이자 제일 큰 '방향'이 결정될지도 모른다.

14년이라는 짧고 굵은 시간을 보내며 기회를 잡을 준비를 하고 있는 내 또래 친구들과 나 자신을 돌아보며 '우리는 어떤 방향으로 갈까' 신중하게 고민하다 보니, 어느 순간 내 주변은 준비를 하는 친구와 안 하는 친구들로 나뉘어 버렸다.

준비된 자와 준비되지 않은 자…, 하지만 그 기준은 절대 공부가 아니라고 나는 믿는다. 물론 공부도 우리 삶에서 큰 비중을 차지하지만 공부만이 모든 목표의 답은 아닐 것이다. 공부는 우리의 목표를 이루러 가는 길을 넓히고 다양하게 해주는 도구일 뿐, 못 한다 해서 사람 자체가 낮아지는 건 결코 아니다.

아마 그 기준은, 내가 나를 개선할 수 있는지에 달렸을 것이다. 목표가 뚜렷하고 그에 걸맞은 노력을 하는 것, 자신을 믿되 남을 존중하는 것. 한마디로 진정한 인간성이다. 하지만 현실은 엄연한 현실. 공부가 모든 목표의 정답이 아니라고 생각하는 것조차 현실을 애써 부정하려는 몸부림은 아닐까? 역시 공부만이 정답인 걸까? 스스로에게 물어보고 또 물어본다. 몸과 마음이 함께 성장하는 열네 살 우리가 꿈을 포기하지 않으면서 현실을 이해하기는 정말 힘들다. 내가 가진 열정과 의지, 그리고 나의 꿈을 위해 달려가면서 느꼈던 감정과 보고 경험했던 모든 것을 글로 쓱쓱 써 내려갔다. 이 시집은 사춘기 친구들이 공감할 수 있는 글감을 주로 썼지만 부모님들도 같이 읽으면서 우리가 어떤 생각을 하며 성장하고 있는지 이해해 주었으면 좋겠다.

유치찬란 변덕쟁이에다 돌발성 예민증과 불치병 귀차니즘에 걸려버린 나이 열네 살. 하지만 그렇기에 우리는 더 많이 배우고, 더 많이 아파하고, 더 많이 사랑하며 성장하고 있다는 걸 모두에게 이야기하고 싶었다.

2017년 12월,

열네 살 김다영

차례

7장 진지충의 혁명

열네 살의 미니 외계어사전

1장

중2병 만렙

약도 없고 예방법도 없는 불치병,
호환마마보다 무서운 중2병의 클라이맥스
개논리의 진리가 입증되는 시간

색연필의 밀당

쓰면 쓸수록 자꾸 들어가
깎으면 깎을수록 자꾸 작아져
'뚝' 아, 또 부러졌네

쓰면 쓸수록 계속 선명해져
깎으면 깎을수록 계속 뾰족해져
'쓱' 와, 잘 써지네

이젠 색연필까지!
할 거면 하나만 할 것이지
'뚝'이야? '쓱'이야?

콩깍지

한때는 정말
나비처럼 달콤했고
벌처럼 따끔했던 너

너무 아픈 나머지
그 떨림과 설렘 때문에
말도 못 했는데

나중에 떼고 보니까
그 정도로 잘생긴 건
아닌 것 같더라고

싫어!

"나와서 밥먹어!"
"여기 이거 요 앞에 버리고 와라."
"운동 좀 갔다 와."
"야 밖에 나가서 이것 좀 사와."

왜 엄마는 내가 싫다고 할 걸
누구보다 제일 잘 알면서
나만 시켜먹지?
진심으로 손이 없나 발이 없나?

"애 그럼 누굴 시키니?"
"저기 순둥이도 있고, 금붕이도 있고….”
"아이고 그게 말이니 방귀니? 빨랑 엉덩이 안 떼니?"

오늘도 어김없이
나의 "싫어!"는 철저히 무시되고
난 쫄바지에 슬리퍼를 신고
하염없이 터덜터덜 거리를 나선다

"이놈의 기지배야! 돈 가져가 돈!
에휴 철딱서니 없는 것, 점퍼 걸치고 나가."

그래도 날 위한 마음은
조금이라도 남아 있나 보지
점퍼는 걸쳐주네
"다녀오겠습니다. 아, 근데 엄마 거스름돈 가져도 되지?"
"거스름 돈 없을 거야. 엄마가 다 계산해서 준 거야."
".........ㅇ"

뭘 바라겠어, 기대한 나만 바보인 거지

진심 어린 사과

그 일이 있고 나서부터
계속 머리가 조여오는 게
네 생각밖에 나지 않는다

나도 내가 잘못한 걸 알지만
네가 싫어하지 않을까
네가 날 더 미워하지 않을까

자꾸 그런 두려운 생각만
좁은 내 머릿속에
가득하고

무슨 말을 꺼내야 할지
어떤 사과를 해야 할지
아무런 계획도 없지만

내가 진심을 다해서
말하면 너는

받아줄 거라 믿어서

그래서 말했어
"미안, 내가 잘못했어."
아무런 변명도 없이 인정했더니
갑자기 눈물이 흘렀어
내가 겁을 먹었나봐
네가 날 떠날까봐

근데 가끔씩은 필요한 것 같아
네가 정말 그 친구를 잃고 싶지 않으면
용기 내서 먼저 사과해

바보

하루에도 몇 번
너만 보면 바보가 돼

갑자기 아무것도
생각이 안 나고
머리가 새하얗게
변하는 것 같아

그래도 이해해줘
나도 나름 열심히

티 안 내려고
노력 중이니까

그 위대한 살 I

가만히 있음
자꾸 붙어서

떨어질 생각을
안 하네

네가 자꾸 붙어 있음
나만 피해 보잖아

네가 그런 식으로 나오면
나도 가만히 있지 않을 거야

각오해 언젠가는
널 무참히 떼어낼 테니까

그 위대한 살 II

상대가 너라서
더 단단히 마음을 먹었는데…,

너와의 이별은 역시
힘든 것 같다

내일부터 다시 시작할 거니
이젠 정말 각오하는 게 좋을 거야

그 위대한 살 III

너란 놈은
정말 징한 것 같아

하…, 정말 이젠
지쳤어

안 해! 안 해! 다 때려쳐!
칼로리 높은 것도
다 먹어치워 버릴 거야

뭐 붙든지 말든지 흥!

방학 후유증

뭐니 뭐니 해도 방학에
꼭 해야 하는 일 TOP 1은
당연히 밀린 드라마 보기

아무리 바빠도
아무리 힘들어도
드라마가 힐링해주니

빡센 스케줄을 소화하고
밤에 따뜻한 물로
샤워를 한 후

치킨 한 마리와
텔레비전이 있다면
이보다 더한 천국은 이 세상에 없을 거야

하지만 다시 개학을 하면
본방사수를 못 하게 되니

어느 정도 스스로 자제는 해야 돼

캬~ 내가 이 맛에 학교를 다닌다니까
방학이 없다면 그건,
김치 없는 김치찌개가 되고 말 거야

만약에 말이야

만약에 계획을 다 세우고 나면?
만약에 계획을 다 이루고 나면?

그 다음에 할 일을 생각하다
계획은커녕 시간 관리도 못했다

괜한 걱정 하다가
시간 다 가버렸네

그래도 가끔씩 '만약에' 마인드는
필요한 것 같아

"빨리 시간표 안 써?
지금이 몇 시인데 아직도 못 쓴 거야?"

하지만 현실에서 그 마인드는
설 자리가 없는 것 같아

마음속에 살고 있었던 자존심

자존심은 항상
마음 어딘가에 존재하지만
어느 순간
나타나야 하고
사라져야 하는

그 방법을, 그 공과 사를
통제할 수 있어야
온전히 환한 장점이
그 모습을 드러낼
것이니라

귀차니즘

네가 말을 할 때
네가 생각한 말을
다 하기 귀찮을 때

네가 움직일 때
네가 생각한 행동을
다 하기 귀찮을 때

네가 공부할 때
네가 생각한 계획을
다 하기 귀찮을 때

가끔씩 그냥
하기 싫고 머리가
멍하고 몸이 둔할 때
그럴 때 하는 말이
"귀차니즘 걸렸음" 이라는데
귀차니즘이라는 병은 누가 발견했을까?

아니 근데 그 병을
치료할 수 있는 약은
존재하긴 한 걸까?

미인은 잠꾸러기

시도 때도 없이 졸린
열네 살 우리는 모두
잠꾸러기지

역시 미인은
잠꾸러기라는데
딱 맞아떨어져

가장 예쁜 나이 열네 살,
하지만 가장 힘든 나이
열네 살

2장

엄빠 주의보

우리와 부모님의 관계는 N극과 N극

그래도 가끔 우리가 돌아서서

S극의 전파를 날려야 할 것 같아

엄마가 뭐예요?

엄마는 외계인일 거야
엄마는 슈퍼맨일 거야
엄마는 도깨비일 거야

아니, 엄마도 사람이야
그저 너에게만
그런 존재일 뿐

부모가 매를 들 땐?

제아무리 엄마, 아빠가 싫더라도
네 부모님인 걸 어떻게

"자식은 부모님으로부터 온 것이 아니다.
부모님을 통해 온 것이다."라고 하지만

너희 부모님도 널 자식으로
고른 건 아닐 거야

그래도 사명감이 있기에
너를 올바른 길로 인도하는 것뿐이지

만약 부모님이 그 수많은 방법 중에서
매를 드는 방법을 쓰더라도

너무 슬퍼하지는 마,
다 너를 위한 이유가 있으니

부모님이 싸울 땐

가끔씩 아주 가끔씩
엄마 아빠가
목소리를 올리신다

그때마다 난
무서워서 어떻게
행동해야 할지 모르겠다

가만히 들어보면
항상 사소한 것 가지고
말씨름을 하신다

왜 결혼까지 했으면서
서로 사랑하면서
그렇게 조그만 걸 못 참을까?

내가, 네가, 우리가
아직은 이해하지 못하는 무언가를

계속 생각해본다

그러다 잠이 들면
부모님이 들어와
살포시 이불을 덮어준다

물어보고 싶었지만
참기로 했다
부모님이 화해하면 됐지 뭐

풍선이 떠나면

풍선 안에 뭐가 있을까
공기 말고 또 다른
무언가가
풍선을 꽉 채워
용기를 불어넣어
하늘로 당차게 날아오를 수
있도록 한 것이 아닐까?

그런데 더 높이 날아가지 못하도록
잡고 있는 게 잘 하는 것일까?

아니면 같이 날아가는 게
덜 부담될까?

아예 그냥 보내주는 게
맞는 것일까?

그냥 맘에 안 드는 것만

놓아주면 되나

아냐, 그냥 믿어보자
그리고 마음속으로
응원해주자
언제 어디서든

씻기 싫은 날=매일

날마다 엄마가 물어보시는
돌직구 중 하나, "너 언제 씻었니?"

가끔씩 운 좋은 날 엄마가
내가 씻은 날 그 질문을 하면 뿌듯하게 대답하지
"당연한 말씀! 엄만 딸을 뭘로 보고."
그러면 엄마가 다가와서 머리 냄새를 맡아본다.

하지만 언제나 운 좋은 날일 수는 없는지
내일 씻기로 계획한 날에
엄마께서 그런 말씀을 하시면
난 예상하고 있었다는 듯
"아 내일 씻을 거야."라고 당당히 대답한다.

역시 한 수 위이신 위대한 우리 엄마는
못마땅한 표정 대신
그런 대답을 확신하고 있었다는 듯
무심하게 반박하신다. "빨리 씻어라."

하지만 그대로 질 수 없어서
나는 다시 제안해본다.
"엄마 뉴스에서 나왔는데 너무 많이 씻으면
나중에 병에 걸리기 쉽대."

엄마는 어처구니없는 눈으로 날 보면서
"야! 너 아끼다 똥 된다."라고 말씀하신다

어쩔 수 없이 진 것처럼 난
"뉘에뉘에, 알겠습돠." 대답한 후 재빨리 물을 튼다

샤워는 하기 전에는 귀찮지만
막상 하고 나면 괜찮은 것 같기도 하다.

부모님과의 쇼핑

쇼핑몰에 딱 발을 딛는 순간
눈앞에 펼쳐지는 블링블링 옷들
하나하나 옷걸이에 어떻게 걸쳤을까
생각하며 요리조리 둘러본다.

그러다 마음에 드는 옷을
발견하면 그 즉시
말한다. "오 저 옷 이쁘다."

엄마는 내가 가리킨 옷을
매의 눈으로 스캔하고

엄마의 대답이 떨어지기 전
아빠가 말을 꺼낸다. "또 사게?"
순간 움찔하며 눈을 어디에 둘지 몰랐지만
어차피 그렇게 사고 싶은 옷은
아닌지라 미련은 없었다

이것저것 보다가 시간이 가면
어느새 두 손 가득 쇼핑백이 들려 있다

하지만 이상하게
아빠 손에만 걸쳐진 짐들

무거워도 무겁다고 못 하는
아빠의 속마음을 생각해보니
조금만 더 참을 걸 그랬나?

3장

귀 잘 벌리고 들어,
다 뼈가 되고 살이 될 테니

조언: 도움을 주는 말
마음에 새겨두면 아주 힘들 때
너를 다독여 주는 약이 될 거야

기대라는 병, 노력이라는 약

기대만 하다 하루하루가 지나가
이젠 그만 지쳐버려서
천천히 고개를 돌린다

딱 한 학기만 돌아가서
다시 시작하면
평균을 넘을 수 있었을까?

정말 네가 원한다면
기대 말고 노력을 해
그럼 될 수 있을 거야, 무엇이든

24시간의 비밀

눈 딱 뜨고 열중하면
12시간은 후딱 지나가
눈을 감으면 벌써 저녁일 걸

눈 딱 감고 열중하면
12시간은 후딱 지나가
눈을 뜨면 벌써 아침일 걸

마음이 맑아야 하는 이유

마음이 맑아야
눈도 맑지
눈이 맑아야
세상도 맑지
세상이 맑아야
사람도 맑지
사람이 맑아야

사랑도 맑지

애교

똑같은 말도
하는 사람에게 달린
애교

이거 이상하게 할 경우
바로 스매시 맞으니까
조심해

아니 그냥
하지 않는 게
몸에도 정신에도 좋아

지나가는 바람의 혁명

지나가는 바람에 스쳐서
지치는 건 누구나 겪었던
일이야

너 혼자 아픈 게 아니까
모두가 거쳐 갔던
벽이니까

혼자 울지 말고
그게 당연하다고 생각하지 말고
그냥 있는 그대로를 받아들여

어차피 지나갈 건데
누구 좋으라고 의미를 붙여서
네가 널 더 힘들게 하니

앞으론 이런 일이 더 많을 테니
더 센 면역력을 만들어

다음에 또 바람이 날아오면

그땐 무력하게 주저앉지 않고
덤덤하게 별일 아닌 듯
넘어가는 너를 기대할게

양말이 없으면

더운 날 모래밭을
뛰어놀다 벗은 양말
더러워졌지만,

추운 날 얼음판을
뛰어놀다 벗은 양말
축축해졌지만,

그래도 덕분에 뛰어놀 수 있어서
정말 고마워

양말같이 사소한 것도 있을 때 잘 해야지
만약에 양말이 없었다면 뛰어놀지도 못했을 거잖아

조그마한 것에 감사하며
살아가야 해

좁은 하늘과 땅의 차이

넓디넓은 이 세상엔
수없이 많은 사람들과
그들의 이야기가 있어

어떤 이야기들은 재미가 없지만
그래도 자신들만의
소중한 가치가 숨겨져 있지

사람들은 소박한 이야기를 웃으며 넘기지만
사실 그 안에 있는 가치는 똑같을 거야
그저 황홀하지 않을 뿐
그 어떤 이야기와 비교당할 수 없는
좁은 하늘과 땅의 차이야

시간이 있으면 다시 한 번 더,
가장 소중한 너의 이야기를 살펴봐

용서

용서는 사람이 하는 행동이지만
사람에게 하는 행동은 아니야
용서는 절대 사람을 용서해주지 않아
그 사람이 한 행동을 용서해주는 거지

그런데 사람들은 용서를 받고 나면
죄책감까지 날려버리지

정말 사람을 용서하기 위해서는
말이 아니라 마음을 써야 되기 때문에
그만큼 더 힘들고 아프고 고민되고
그래서 용서는 쉽게 바랄 수 있는 게 아니야

만약 친구가 너를 빨리 용서해주지 않을 땐
그 잘못은 친구가 아니라
친구를 힘들고 아프고 고민되게 만든
용서를 바라는 너에게 있을지도 몰라

4장

미운 아기 오리의 일기장

우리도 언젠가는 백조가 되겠지?
아직 아기 오리인 열네 살 눈에 비친
사람들과 세상 풍경

가장 예쁜 진주

가장 예쁜 진주는
가장 예쁜 조개에서
태어나지 않아

가장 예쁜 조개는
가장 예쁜 바다에서
태어나지 않아

가장 예쁜 바다는
가장 예쁜 행성에서
태어나지 않아

가장 예쁜 행성은
가장 예쁜 우주에서
태어나지 않아

누가 아니?
가장 예쁜 진주가

가장 못생긴 우주에서 태어날지

가장 예쁜 진주는
비로소 태어날 준비를
완벽히 마친 진주야

질투

내가 너보다 더 잘할 수 있는데
사람들은 나한테 관심을
보이지 않아

너의 존재 자체가
내 온몸의 말초신경을
건들며 불편하게 해

근데 더 짜증나는 건
네가 나를 인정해주지
않는다는 것

난 네가 너무 부러운데
그만큼 네가 싫은걸
어쩌겠어,

나도 한번 그런 눈길을
받아봤으면 하는 마음에

더 열심히 노력할 거니

긴장하는 게 좋을 거야
꼭 언젠가는
너라는 벽을 뛰어넘을 테니까

너만 알아야 하는 비밀

소곤소곤
속닥속닥
수근수근

그러다 종이 치면
"너만 알아야 돼
알았지?"

라고 말하며
서둘러 각자
자리에 앉는다

근데 그거 알아?
"너만 알아야 돼."라고
말하는 그 순간

너만 알아야 되는
그 비밀은 우리 모두가 알아도 되는

그런 비밀로 바뀌는 거

정말 그게 비밀이라면
너의 입 밖으로 나오기 전에
다시 한 번 더 생각을 해봐

친구관계에서 속인 사람=속은 사람?

속인 사람은
속아본 적이 있어서
속인 사람이 되는 거야

속은 사람은
속여본 적이 있어서
속은 사람이 되는 거야

근데 속인 사람과
속은 사람 둘 중에서
누가 더 잘못했을까?

아무리 상대방이
잘못했더라도
똑같이 행동하면 안 되지

그러면 너도
그 상황에서 상대방과

똑같은 잘못을 한 거니까

결국 속인 사람과
속은 사람은
누가 더 잘못했는지 판단할 수 없어

왜냐면 그 판단은
속인 사람 입장에선 속은 사람이
속은 사람 입장에선 속인 사람이

더 무참하고
더 잘못하고
더 사악할 테니까

앞뒤가 똑같은 뒷담 까기

누가 너에 대해
앞담을 까는 게 나아
아님 뒷담을 까는 게 나아?

앞담은 너무 대놓고 해서
재수없고
꼴보기 싫고

뒷담은 앞에서는 아무 말 못 하고
뒤에서만 하는 짓거리니까
답답하고 극혐이고

앞담을 하면 차라리 뒷담을,
뒷담을 하면 차라리 앞담을…,

너는 뭐가 더 기분이 나쁘니?

나만 빼고 다 '사람들'

사람들은 그래
매일 자기만 생각해
사람들은 그래
계속 남들만 탓해
사람들은 그래
항상 뒤에서 욕해

사람들도 알아
매일 자기만 생각한다는 걸
사람들도 알아
계속 남들만 탓한다는 걸
사람들도 알아
항상 뒤에서 욕한다는 걸

근데 사람들은 몰라
자기도 '사람들'에 속한다는 걸

미련이라…

인정하고 싶지도 않고
이해하기도 싫은
그런 심정 알아?

정말 나 스스로 무엇을 생각하고
느끼고 있는지 모르겠고

이 감정이 빨리 끝날 거기에
더 이상 여기에 목메어 시달리기 싫기에
눈 한 번 깜빡이면 모든 감정이 사라지면 좋겠어

그런데 너만 보면
굳게 멈춰 있던 심장이 다시 뛰는걸
닫아 놓았던 기억이 다시 떠오르는걸

네 사진만 봐도
네 목소리만 들어도
그저 네 생각만 해도

꽁꽁 숨겼던 너와의 그 추억이
되새겨지면서 나를 괴롭히듯
너를 원한다고, 너를 보고 싶다고

너도 같은 감정을 느낄까?
너도 나를 그리워할까?
너도 나를 원망할까?

그렇게 멀리서 바라만 보다가
2년이 훌쩍 가버렸어
그렇게 너만 보고 있다가….

사랑 먹는 거지

거지: 남에게 구걸하여 ♥를 얻어먹는 사람

수천만 명 넘는 사람과
그 사람들이 줄 수 있는 수천만 양의 ♥

그 넘쳐나는 ♥에서 조금만 딱 조금만
떼어 주면 될 걸, 그렇게 아껴서 뭐 하려고

이 세상엔 ♥ 없이 살 수 없듯이
♥은 나누라고 있는 거야

오늘부터는 ♥이 부족한 거지들에게
딱 ♥ 요만큼만 기부해 줄래?

급식

밥을 다 먹고 나면
식판 내려 가기 전에
너는 음식을 한 곳에다 모아서 놓니?

전에 한 번 착한 일을 하려고
마음 먹고 음식을 정리하는데
주변 애들이 더럽다고
저리 가라고 난리야
그러든 말든
"너희도 다 해야 해
그래야 아주머님들이 치우기 편해."
말하고 나니
기분이 좋았지

어때?
이 정도면 착한어린이상 받을 만하지?

졸업식

너와 나 사이는
거짓말로 쌓이고 엮인
사이

너와 나의 관계는
서로가 못 믿어 엉퀴고 엉퀸
사이

오랫동안 알고 지냈지만
많이도 싸우고
셀 수 없이 욕하고

정말 증오하는 너인데
정말 싫어하는 너인데
정말 구역질 나는 너인데

막상 이별하려니
눈물이 흘러 내려와

내 볼을 타고 내려와

이 분위기에 취해
오늘은 그냥 울어버릴 거야
잘 가!
오랜 친구야

5장

(열)4짤이에염

가끔 어른 흉내도 내보지만

아직 순수한 마음을 간직한

우리들의 이야기

우주 다음엔?

"우주 다음에는 뭐가 있을지 상상해서 그려봐요."
"네."
"어머 넌 왜 검은색으로만 칠했니?"

"우주 다음엔 별들의 세상이니까….
별들이 더 밝게 빛날 수 있게 도와줬어요.
별들은 어두울 때 제일 반짝이잖아요."

별처럼
기회가 왔을 때 우리도
그 누구보다 환하게
빛날 수 있길

문방구

많은 종류의 불량식품이
공존하는 이곳,
이곳에서 나의 하루를 시작하고 끝낸다

은밀하게 매의 눈으로
1부터 10까지 모조리 스캔한다
이거? 아니야 저거? 아, 모르겠다 요거?
오! 이거 새로 들어왔네

내가 가지고 있는 돈은 달랑 1000원,
콜라O는 500원, 아O셔는 700원,
아…, 둘 다 먹고 싶은데

어쩔 수 없지 뭐
그냥 친구 거 빼앗아 먹어야 G.

꿈

흔히 어른들은 우릴
꿈나무라고
부르신다

우리의 꿈이
나무처럼
무럭무럭 자라길 빌면서

꿈은 뭘까
뭔지는 정확히 모르지만
아주 소중한 것만은 확실하다

사람은 돈보다 더
필요한 게 꿈이라고
부모님께서 말씀하셨다

꿈은 생각을 모으고,
꿈은 사람을 모으고,
꿈은 행동을 모으기 때문이라나?

잘 들어봐

흩날리는 나뭇잎들의
유언을 들어봐

멀리서 날아오는 새들의
모험담을 들어봐

신발 밑에 짓눌린 눈송이들의
울음소리를 들어봐

그렇게 듣다 보면
많은 질문의 답을 알 수 있을 거야

그러면서 크는 거야
그러면서 웃는 거야
그러면서 사는 거야

복덩이 뚜비

선풍기만 틀면
그 앞에 떡하니 자릿세를 낸 듯 바람을 쐬고

밥 좀 먹으려 하면
세상에서 가장 애달픈 눈으로 쳐다보고

문 여닫는 소리만 나면
쫄래쫄래 현관문으로 마중 나가며

산책이라는 단어를 들으면
살랑살랑 꼬리 흔들며 펄쩍펄쩍 뛰는 게

언제 어디서나 예상 가능하지만
항상 새로운 느낌으로 우리를 기쁘게 해줘

사랑 받지 않을 수 없는 너란 강아지
참, 부럽다

너의 흔적

지금 네가 뭐하는지 궁금해서
단지 그 호기심에
너의 탐라를 들어가 봤더니

넌 친구가 700명이 넘더라
그 중 반이 여자고 반이 남자더라
'좋아요'는 또 엄청 많더라

근데 왜 내가 올린 게시물에는
'좋아요' 안 눌러줘?
난 네 거에다 '좋아요'랑 댓글까지 다 남겼는데

네가 뭔데…?

네가 한 그 한 마디에
하루 동안 내 기분이
올랐다 내렸다 해

너란 아이가 도대체 뭔데
그런 통제를 할 수 있는지
그런 조정을 할 수 있는지

네가 내 친구들이랑
애기할 때마다 계속
난 너를 쳐다보고 있지만

너는 눈치를 못 채는 것 같아
네가 미워
속상해

네가 저번에 춥다고
들어가 있으라고 했을 때

내 심장 소리 들었니?
제발 나를 들었다 놨다 하지 마

너 때문에 내가 매일매일
올려졌다 내려졌다
들려졌다 놔졌다 해

글쎄 왤까?

요즘 들어 왜 자꾸 싸울까?
나는 솔직히 잘못한 걸 모르겠는데
뭘 고쳐야 할지 모르겠는데
친구들은 왜 계속
나에게 시비를 거는 걸까?

나는 뭐가 일어나고 있는지
잘 모르겠는데
그냥 내 마음도 모르겠는데
그냥 생각하고 싶지 않은데

왜 그럴까?
왜 애는 갑자기 울까?
왜 애는 뜬금 없이 화낼까?

사실 걔도 잘 몰라
나와 마찬가지로
걔도 아무 생각하고 싶지 않고

뭐가 일어나는지 모르고
잘못한 게 없는 듯 시치미를 떼지
그런데 뭐 어쩌겠어

조금만 참으면 돼
조금만 버티면 돼
그러면 다 해결될 거야

왜냐면 우리는 열네 살이거든

너를 위해 나를

너를 위해 내가 시간을 냈어
너를 위해 내가 셀카 지못미를 했어
너를 위해 내가 필기를 해줬어
너를 위해 내가 책 줄거리를 알려줬어
너를 위해 내가 먹을 것을 싸왔어
너를 위해 내가 모둠숙제를 끝냈어
너를 위해 내가….

나를 위해 네가…,
뭐를 했더라?

가끔씩 그냥 이용당하는 느낌이 들어
이거 실화 아니지?

정

너랑 싸우면 정말 화가 나고
울분이 터지고
확 끝내고 싶은데

어쩌겠어 그놈의 정 땜에
네가 상처받을까 봐
말도 조심하게 되고

말하기 전에 생각도 많이 하고
조금씩 변해가는 것 같아
정 때문에, 너 때문에

루머

우리 부에 소식이 들어왔어요
누구랑 누구랑 사귄대요
누구랑 누구가 싸웠대요

우리 반에 소식이 들어왔어요
저래서 이래서 사귄대요
저래서 이래서 싸웠대요

우리 학년에 소식이 들어왔어요
얘가 얘한테 차였대요
쟤가 쟤를 때렸대요

우리학교에 소식이 들어왔어요
얘가 얘를…, 쟤가 쟤를…,

제발 모르면 가만히
ㄷㅊ

잃기 싫은 친구

누구나 살면서 한 번쯤 잃기 싫은 친구가
생길 거야 그게 언제인지 모르기에
잘 준비를 해야 해

놓지 않을 준비
사랑을 마음껏 줄 준비
이해해 줄 준비

근데 그런 준비는 하고 싶어서 되는 게 아니라
좋은 친구들을 만들어 가면서 배우는 거야

지금 잃을 위기에 처한 좋은 친구가 있다면
잡아야 해

그래야 후회도 안 하고
자책도 안 해
자존심 내세우지 말고 일단 잡아 봐

6장

MSG가 들어간다 쓱쓱쓱~

유쾌, 발랄, 반전…,
재미가 없다면
무슨 재미로 살아?

조금만 더 가면 돼요

언제 어디서든,
길을 찾는 일은
무척이나 힘들다

특히 산을 오를 때면
"조금만 더 가면 돼요." 귀신이
정상을 찍고 내려올 때까지
들러붙어서 놓아줄 생각을
않는다

독한 전염성을 가진 이 귀신은
전생에 목적지에서 조금만 남기고
목숨을 잃은 사람들의 영혼이다

이 귀신한테는
한 시간 거리가 '조금만'이고
30분 거리가 '코앞'이니
조심하고 조심해야 한다

그래도 길을 잃었을 때
이렇게 동행해주는 것보다 더
감사할 일이 있을까?

등산, 산책, 또는 운동할 때
길을 물어보면
친절하게 "조금만 더 가면 돼요."
격려의 말씀을 해주시는 분들
감사합니다~~.

아침 is 뭔들

"그까짓 거 아침 5시에 일어나지 뭐."
굳은 다짐을 통해 얻은 것은?

절대 네버엔딩 스토리; 아침 일찍 일어나겠다던 새가
저녁에 일어난다.

터프하게 부모님 앞에서
약속했던 아침 일찍 운동 나가기와
아침 공부하기, 아침밥 같이 먹기 스케줄은
그렇게 막을 내렸다고 한다

기다림의 정석

기다리는 건 정말 재미없지
그 중 킹오브킹은 바로
머리카락 기는 거 기다리기

시도 때도 없이 밤낮 구분도 없이
얼마나 걸었을까?
줄자를 꺼낸다

꼬투리부터 끝까지 대어보지만
어? 잘못 쟀나?
아직도 묵묵부답인 내 머리카락

흔한 재벌 가족의 대화

딸: 엄마 내 꿈은 재벌 1세가 되는 건데…,
아빠가 도와주지 않아.

엄마: 엄마도 재벌 1세의 엄마가 되는 게 꿈인데
아빠가 안 도와주네.

아빠: 내 꿈도 재벌 1세가 되는 거거든?
근데 할아버지가 못 도와주는 거거든!

할머니: 그러게, 이 할미 꿈도 그려. 할아버지가 나빴구려.

할아버지: 얼씨구 내 꿈도 재벌 1세거든. 내가 아니라 증조할
아버지를 탓해.

인형뽑기

윽! 거의 다 뽑혔는데
한 번만 더 하면
잡을 수 있을 것 같은데

이놈의 조급함이
천 원 이천 원
만 원까지 다 흡입했네

이 돈이면 이미
인형 하나 정도는
살 수 있는데

아쉬움과 만 원을 남기며
다음을 기약한다
꼭! 모두 다 뽑아주겠어

스팸과 숨바꼭질

고요한 교실 자습시간에
갑자기 당차게 울부짖는 내 핸드폰

뭘 잘했다고 계속 울려대는지
진동과 벨소리가 쉴새없이 이어지고
어이없게 어디 숨었는지
그 순간 안 보이네

눈동자는 흐려지고 손에서 땀이 나고
머리에서 열까지 나려는 찰나

소리가 멈춰서 다행이다 싶었지

근데 얼마 안 되어 또
띠리링 띠리링! 울리는 거야
다시 막 가방을 뒤졌지만
코빼기도 안 보이네

이번에도 멈추길 바랐는데
멈추기는커녕 아까보다 더 울리네
어렵사리 핸드폰을 찾아 확인해보니

이런, 스팸 전화였던 거야
왜 이렇게 참을성이 없나 했는데
역시나 스팸이었어

피식 웃다 말고 주변에 폐를 끼친 것 같아
고개를 살짝 숙여 "죄송합니다."라고 했어

라면 먹을 사람?

일요일 아침 동생이 소파에 대자로 뻗고는
퉁명스럽게 당연한 듯 부탁하길, "라면 끓여줘."

우리 집은 제일 늦게 일어나는 사람이
아침밥 책임지기다
아 조금만 일찍 일어났다면…,
저번에도 내가 걸려서 짜장면 시키고 결제 다 했는데
이번에도 걸리다니 분하디 분하다

어쩔 수 없으니 주문을 받는다,
"라면 먹을 사람?"

예상 밖에 동생만 손을 들고
엄마는 우릴 깨우고는 다시 드러누우셨다.
"엄마는 한 입만 먹을 거니까 너희 것만 끓여."

그렇게 난 부스스한 눈에 눈꼽을 주렁주렁 달고
터벅터벅 부엌을 향해 걸어갔다

라면을 다 끓이자
하이에나처럼 달려드는 동생, 엄마, 그리고 강아지 뚜비

그래도 냄새를 맡으니 기분이 좋아져
동생과 나의 수저를 챙겨 식탁에 앉았는데
한 입만 먹는다던 엄마는 거의 3분의 1을 담아가고
동생은 2분의 1을 담아가니
정작 끓인 나는 조금밖에 못 먹잖아!!

새 학기 명당자리

개학 첫날 앉은 자리는
1학기 동안 계속 가기 때문에
신중하게 골라야 해

앞줄은 너무 범생이 같고
뒷줄은 너무 날라리 같고
그래서 중간쯤

최대한 창가 쪽을 노려본다
그래야 집중이 안 될 때
수업이 지루해질 때,
밖을 보며 머리를 쉴 수 있기 때문이다

하지만 쌤한테 걸리면
중2병이냐고 의심을 받을 수 있다
그럼 그냥 네, 하고 대답해라

손 안 대고 코 풀기

난 너를 정말 좋아해
근데 표현하기에 너무 부끄러워
그래서 네가 먼저 다가와 줬으면 좋겠어

그러면 나도 확신을 가지고
표현을 할지 안 할지 결정할 수 있잖아

앞으로도 먼저 연락해주고
먼저 말 걸어주고
먼저 같이 가자고 해줘

그냥 네가 먼저 손 내밀면 안 될까?

7장

진지충의 혁명

때로는 진지도 필요하진지?
이런 생각, 저런 마음
마음을 살찌우는 생각과 고민들

그림

흰 백지에 그림을 그리려 하면
막상 손은 안 움직이고
머릿속이 하얘질 때가 있지

나는 그림을 그리고 싶은데
무엇을 그리고 싶은지 잘 모르겠고
마음만 굴뚝같은 그런 상황

이런 상황은 우리가 꿈을 그릴 때도
똑같이 경험하는 것 같아
어른들은 계속 꿈을 찾으라고 하지만
나도 꿈을 가지고 싶지만

무엇부터 그려야 어른들이 원하는 그림이 나올지
잘 모르겠어

그런데 말이야,
난 백지도 그림이라는 생각이 들어

무엇을 그릴지 몰라 하는 조바심을
새겨넣은 듯한 느낌이 들어

꿈을 꾸는 아이들의
소망과 기대를 하나씩
품고 있는 기분이 들어

노을이란

서서히 끓어오르던 태양이 식을 때
묵묵히 차오르던 파도가 그칠 때
무사히 붉은 빛과 푸른 빛이 만날 때

눈을 감아도 아른아른 보이고
꿈을 꾸어도 가물가물 보이는
그런 시간이야, 저녁 7시는.

정말 너만을 기다리겠다는
마냥 너만을 보고 있겠다는
이젠 너만을 생각하겠다는

굳은 다짐도 물거품으로 만드는 순간이며
하찮은 절망도, 소망도, 욕망도 필요 없는
그런 시간이야, 저녁 7시는.

내가 수없이 만들어내던 진주와
네가 수없이 버려내던 진주가

똑같지 않기를 바라며

비록 이 마법이 오래 갈지는 모르겠지만
그래도 한 번 더 믿어보는
그런 시간이야, 저녁 7시는.

힘들었고, 황홀하며, 어두웠던 과거는
중요하지 않아
지금 이 시간은, 오직 너 자신을 위한
저녁 7시에만 집중해

한 곳 차이

너는 작품과 낙서를,
잘생김과 못생김을,
호감과 비호감을 어떻게 구별해?

.

.

.

.

음, 그건 그냥 한 곳 차이 아닐까?
다른 존재의 기준과 너의 기준 중에
맞는 정답이 있을까?

성적

성적은 절대 사람을 평가하지 않아
성적은 항상 능력을 평가하지 않아
성적은 그저 너와 시간의 싸움이야

성적을 보면서
어떤 애는 울고, 어떤 애는 웃고

하지만 그것만 알아둬
성적 때문에 좌절할 필요 없어
그 시험은 그냥 네가 치를 수천만 개의 시험 중
하나였을 뿐

잘 봤든 못 봤든
네가 그걸 통해 무엇을 배웠다는 것

그것이
제일 중요하고
제일 소중하고
제일 뜻 깊으니까

별의 고향

"저기 보이는 별은 어디서 왔을까?"
"글쎄… 음 별나라?"
"땡! 틀렸습니다!"
"그럼 뭔데"
"우리의 마음속이야"
"왜?"

"우리가 눈을 감아도 별은 보이잖아."

행복했던 기억만

사람은 살면서
많은 추억을 남기는데
좋은 추억은 나쁜 추억에 비해
많이 남지 않는데

기쁨은 잠시지만
슬픔은 길어
행복했던 순간만을
기억하긴 쉽지 않지만

나는 그걸 가능으로
만들어보려 해
왜냐면 죽는 순간까지
우리가 행복했던 시간만 생각하기 위해서

사람이 되기 위해선

사람은 태어나면서부터 사람이라고 불리지만
사실 태어날 땐 사람이라고 할 수 없지
올챙이 시절을
개구리라고 부르기 애매한 것처럼

사람도 사람이 되기 위해선
여러 가지 노력을 해야 하잖아
올챙이가 매일같이 수영 연습을 하듯
아기 새가 하루가 멀게 나는 연습을 하듯

우리도 살기 위해 많은 걸 배우고 숙지해야 하지
전교 1등, 좋은 대학, 좋은 회사
이런 건 스스로의 삶을 더 편리하게 만들뿐
사람이 되기 위해 꼭 필요한 것들은 아니야

사람이 왜 사람인 줄 아니?
사람은 모든 것을 사랑할 수 있기 때문이야
서로를 존중해 주고, 용서해 주고, 인정해 주고

그리고 아끼기 때문이야

무엇보다 그 능력은 자기 자신을 위한 게 아니야
하지만 그 능력은 남을 위한 것만도 아니야
그 능력은 너를 포함한 '우리'를 위한 거야
한쪽이 마음을 주지 않으면
다른 한쪽도 쉽게 마음을 열지 못하게 되니
모두가 서로에게 마음을 주라는

그런 뜻이 아닐까
그런 뜻이 '사람'이라는 단어 속에 살고 있지 않을까

기다리는 인생

누군가를 기다리는 건
쉽지 않아
무언가를 기다리는 것도
쉽지 않아

기다릴 때는
앉아 있어도 되고
서 있어도 되고
누워 있어도 되고
움직여도 되고
책을 읽어도 되고
말을 해도 되고
음식을 먹어도 되고
물을 마셔도 되고
자도 되고
머리를 풀어도 되고
머리를 묶어도 되지

이보다 더 할 수 있는 게 많지만
기다리는 건 어려워
왜냐면 기다리는 건
마음 편히 못 있는 일이니까
"기다려."라는 말이
외롭고 지겨우니까

그렇지만 우리는 기다리고 또 기다려
기다림은 이렇게,
내일도 모레도 계속될 것이기에

기다림은 결국 우리 삶 속에 들어와
그 일부로 자리잡았지

같은 하늘, 다른 느낌

같은 태양이지만
같은 빗물이지만
같은 별이지만

왜 하루가 가고 네가 가면
내 눈엔 다르게 보이는 걸까

너와 있던 태양은
항상 힘이 흘러넘치고
바람에도 끄떡없었는데,

왜 하루가 가고 네가 가면
내 눈엔 태양이 슬프고 약해 보이는 걸까

그렇지만 어차피 우리에겐
다 똑같은 하늘이고
태양이고 별이기 때문에 믿고 있어

아무리 구름이 태양을 가린다 해도
없애는 건 아니니까
아프게 하는 건 아니니까

내 반대쪽에 있는 너에겐
그래도 환히 웃을 테니까
이제는 이유 없이
기분이 달라지지 않을 거야
아니, 항상 좋을 거야

우리는 멀리 있어도
같은 태양 아래,
같은 빗물 아래,
같은 별 아래 있을 거니까

JEJU

The love of skyscrapers and bridges

A luminous building in the early dawn

An endless road with tiny cars

Is kept in your heart.

When the enormous birds strike across,

Through the bale of wandering cotton in the blue,

Every single eye rises up together.

I know, but my love stays in another planet.

I love her mysterious horizon,

The maze oranges grow,

And the majestic mountain that hides behind her white breathe.

Those hidden charms can be only felt,

with my only love and my only dear.

The path of rocks will lead me to the pitiless blue sky.

With bunch of canola flowers, I follow the rocks,

Hoping that I would reach there soon.

As the gloomy moon appears in the dark,

She lifts her head and closes her eyes.

The clean, white teardrops of hers lightens the mood.

I wish that I could be one of those drips,

Cheering her up by sliding down her cheeks.

When the chickens cry and Sun arises,

The tears gather around and fade away like a melting snow.

Again, I turn my back and slowly walk away.

JEJU LIFE

Upon the dust of gold doodled by the hands of haenyeo ,
The herds of white horses spurt out from the spirit of blue.
All the nightmare, mistakes and bad memories are swept away,
With a wisp of freshness, again, we close our eyes.

Behind the bale of wandering cotton, there the magnificent mountain hides,
An elegant green dress covers Halla, the people adorn it with grace.

When the mysterious horizon is tinged with the flames of red,
The gleams of stars in the dark begin to follow one and the other.
Amongst the thousands of sparkles, not one has been left alone,
Promising that they will never stop dancing, until the chickens cry.

The path of footprints will lead us to the home of a benign
man,
Who stands gentle and tall with a big happy smile.
As we get older and older, we get closer and closer to him,
The stone heart of his is warmer than any other heart in the
world.

A peaceful field covered by drizzle,
A wonderful place where the wind blows whistle,
A gorgeous habitat full of thistle,
This place is called Jeju.

열네 살의 미니 외계어사전

말귀를 알아먹어야 소통을 하지!
사춘기 소년소녀들이 자주 사용하는
그들만의 은어들

;; : 땀 모양(당황했을 때 사용).

~~충 : 그것밖에 모르는 빠순이.

ㄱㄱ : 고고(가자, 하자).

ㄱㅅ : 감사.

강추 : 강력하게 추천.

개논리 : 앞뒤 논리가 안 맞아 이해가 안 간다.

갠소 : 개인 소장.

걸조 : 걸어다니는 조각상. 즉, 꽃미남.

겁나 : 레알의 윗 단계.

격친 : 격렬하게 친하게 지냄.

고고싱 : 어디어디로 가자. 예) 집으로 고고싱.

고ㅈ새ㄲ : 뭐 없는 아이.

고친 : 고민을 해결해주는 친구.

글설리 : 글쓴이를 설레게 하는 좋은 리플.

금사빠 : 금방 사랑에 빠지는 친구.

기포 : 기말고사를 포기하다.

길막 : 길을 막는다.

ㄲㅈ : 꺼져.

까리하다 : 잘생기고 센스 있고 멋있어 보인다.

깜지 : 시험공부 등으로 종이에 빽빽하게 글자를 써놓는 것.

꼬댕이 : 공부도 못 하고 놀지도 못 하는 학생.

꼽주다 : 창피하게 하다.

남소 : 남자 소개.

노답 : 답이 안 나올 듯 어이가 없다.

놀토 : 학교에서 노는 토요일. 토요 휴무제를 적용하는 2, 4주째 토요일.

눈팅 : 게시글에 대해 댓글은 달지 않고 보기만 함.

느금마 : 너네 어머니.

니애미 : 너의 어머니.

님선 : 당신이 먼저. 어떤 일을 하기가 난감할 때 상대에게 먼저 하라고 권하는 말.

ㄷㄷ : 덜덜 대박이다, 무섭다라는 뜻.

다큐냐? : 실화냐?

다큐스럽다 : 장난을 장난으로 안 받아들이고 진지하게 받아들이는 것.

단무지 : '단순, 무식, 지랄'의 줄임말로 상대방을 비방하거나 욕할 때 쓰는 단어.

닭질 : 불필요한 일 또는 행위를 가리키는 말. 닭이 쓸데없이 그냥 왔다갔다 하는 행위(질)의 줄임말.

담샘 : 담임 선생의 준말.

담순이 : 여자 담임교사.

담탱이 : 남자 담임교사.

당빠 : 당연하다.

돌거 : 메신저에서 돌림 쪽지 거부.

동의? : 실제 인정? 이라는 것과 비슷하지만 이걸 알맞게 대답하기 위해선 보감이라고 해야 함(동의보감).

뒤땅 : 뒤에서 욕을 하거나 모함을 함.

뒷간 : 앞에서는 잘해주는 척하다가 뒤에 가서 험담을 함.

득템 : 게임에서 좋은 아이템. 공짜로 얻은 좋은 아이템.

또라이새ㄲ : 머리가 돌은 아이.

똥킥.히로뽕 : 무릎으로 상대방 엉덩이를 콱 올려찍는 기술.

ㄹㅇ : 레알이며 진짜? 라는 뜻.

레알 : 진짜의 윗 단계.

레지 : 출석체크(영어로 고급지게).

미친ㄴ : 나쁘게 특이하고 신기한 여자아이.

병딱 : 병신+딱까리.

빠가 : 바보.

ㅅㅂ : 신발(?).

ㅅ발ㄴ : 정말 싫은 여자아이.

시ㅂ새끼 : 정말정말 싫은 아이.

ㅇㅅㅇ : 삐졌거나 "뭐냐" 하는 얼굴 모양.

ㅇㅇㄴㅇ : '응아니야' 장난으로 '그건 아닌 듯'이라고 전할 때 쓰는 약자.

안궁 : 안 궁금해.

안말 : 너한테 안 말함.

안물 : 안 물어봤어.

여소 : 여자 소개.

이동휘? 응 박보검 : 동의? 응 보감의 패러디 버전.

ㅈ같은 (뭐뭐) : 이상한 짓 많이 하는 아이.

ㅈ까 : 제발 그런 짓 그만하고 가줄래?

ㅈㅅ : 죄송.

조카 크래파스 십팔색ㄲ : ㅈ까 미친 18새ㄲ 야

존나 : 겁나의 윗 단계.

졸라 : 존나의 윗 단계.

지못미 : 지켜주지 못해서 미안해.

착한가격 : 서민적이고 저렴한 가격. 또는 적당히 싼 가격.

채금 : 채팅 금지

초글링 : 유치한 행동. 초딩+저글링의 합성어. 초등학생들이 피시방에 떼를 지어 오는 모습이 저글링과 비슷하다는 뜻.

출첵 : 출석 체크.

친등 : 메신저, 페북 등에서 친구로 등록. '친추'와 유의어.

친삭 : 온라인에 친구로 등록했던 아이디 삭제.

친추 : 친구로 추가. '친등'과 유의어.

현타 : 현실을 자각하는 타임.

현피 : 온라인에서 싸우던 사람들이 실제로 만나 싸우는 것.

열네 살, 엄마도 힘들다

매일 저녁 6~9시
기숙사에 있는 다영이 폰 타임이다

저녁 8시에 걸려온 전화
엄마! 영희 걔는 왜 그런데? 정말 꼴 보기 싫어
다음날 오후 6시
엄마! 영희가 미안하대. 난 영희가 젤루 좋아
그 다음날 밤 9시
엄마! 전화 끊어야 돼. 폰 타임 끝났어

그 후 이틀간 감감무소식

다음날 밤 9시
엄마! 나 시험 봤는데 망친 것 같아ㅜㅜ

그 다음날 밤 9시

엄마! 성적 나왔는데 나만 잘 못 본 게 아니었나 봐ㅋㅋ

이튿날 저녁 6시, 그날은 엄마가 바빠서 전화를 못 받았다

부재중 전화 네 통…. 드디어 아빠의 전화벨이 울렸다

아빠! 엄마 어딨어? 왜 전화 안 받아? 나한테 전화 좀 하라고

해!!!!!

몇 주가 흐르고 방학이 온다

서울행 비행기 시간은 다가오는데 연락이 없다

초초한 마음에 발만 동동 구르는데

띠리링~, 엄마! 나 핸폰 배터리 없어. 이거 친구 거.

지금 뱅기 타, 뚝!!ㅜㅜ

방학주간 중간 생략~~(말 안 해도 똑같다)

방학주간 끝나고 기숙사로 돌아가는 날

제주에 도착할 시간인데 연락은 없고 또다시 초조해진다.

저녁 6시

엄마! 나 지금 밥 먹으러 가(일단 안심)

그리고 이틀 뒤 밤 9시,

엄마! 나 폰 타임 끝났어. 전화 끊어~~ㅠㅠ

다영아, 엄마도 너의 열네 살이 힘들구나

2017년 겨울,
엄마 현숙원

My Note

	1	2	3
	4	5	6
	7	8	9
	10	11	12

SUN	MON	TUE

WED	THU	FRI	SAT

	SUN	MON	TUE
1 2 3			
4 5 6			
7 8 9			
10 11 12			
_____			
_____			
_____			
_____			
_____			
_____			
_____			
_____			
_____			
_____			
_____			
_____			
_____			

WED	THU	FRI	SAT

	SUN	MON	TUE
1 2 3			
4 5 6			
7 8 9			
10 11 12			

WED	THU	FRI	SAT

			SUN	MON	TUE
1	2	3			
4	5	6			
7	8	9			
10	11	12			

WED	THU	FRI	SAT

	SUN	MON	TUE
1　2　3			
4　5　6			
7　8　9			
10　11　12			
_____			
_____			
_____			
_____			
_____			
_____			
_____			
_____			
_____			
_____			
_____			
_____			
_____			
_____			
_____			

WED	THU	FRI	SAT

	SUN	MON	TUE
1 2 3			
4 5 6			
7 8 9			
10 11 12			

WED	THU	FRI	SAT

	SUN	MON	TUE
1 2 3			
4 5 6			
7 8 9			
10 11 12			

WED	THU	FRI	SAT

	SUN	MON	TUE
1 2 3			
4 5 6			
7 8 9			
10 11 12			

WED	THU	FRI	SAT

			SUN	MON	TUE
1	2	3			
4	5	6			
7	8	9			
10	11	12			

WED	THU	FRI	SAT

				SUN	MON	TUE
1	2	3				
4	5	6				
7	8	9				
10	11	12				

WED	THU	FRI	SAT

	SUN	MON	TUE
1 2 3			
4 5 6			
7 8 9			
10 11 12			

WED	THU	FRI	SAT

			SUN	MON	TUE
1	2	3			
4	5	6			
7	8	9			
10	11	12			

WED	THU	FRI	SAT

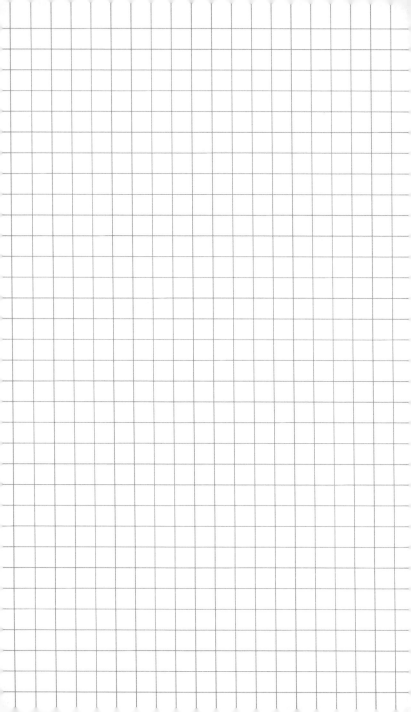

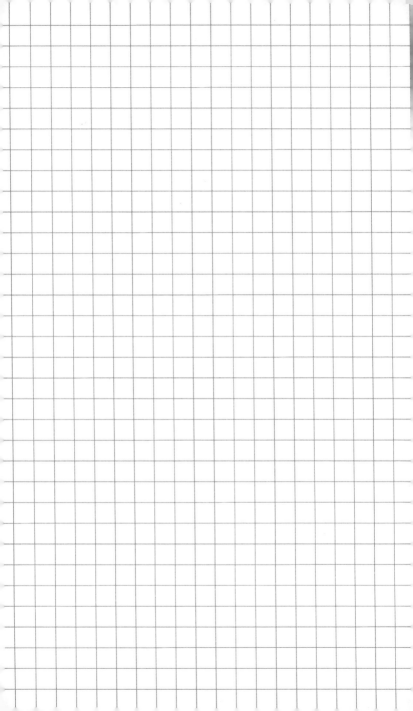

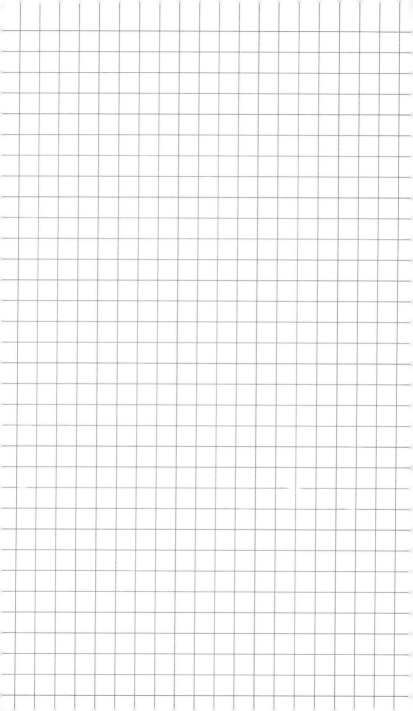